Zeitpunkte

Anthologie des 1. Judenburger Lyrikwettbewerbs der Jugend

AF222665

Herstellung und Verlag: Books on Demand GmbH, Norderstedt
ISBN 3-8334-3923-8

Gewidmet allen Helden.

All jenen, die jeden Tag aufstehen
und ihr Haus verlassen
ohne sich
allmorgendlich
unter der Dusche
zu ersäufen.

BJM Judenburg, Christopher Tafeit (Hrsg.)

Zeitpunkte

Anthologie des 1. Judenburger Lyrikwettbewerbs der Jugend

Inhaltsverzeichnis

Vorwort des Herausgebers

Es gibt Dinge, von denen man oft gar nichts sagen kann.

Zeitpunkte – eben dieses Gefängnis des „nichts sagen" und „Nichtssagendem" wird hierbei durchbrochen. Jugendliche Werke – eine frische, unkonventionelle und bereichernde Art von Poesie, mit denen uns die beteiligten Autoren in eine fremde Welt entführen. In ihre Welt, in ihre ureigenen persönlichen Träume, Wünsche und Hoffnungen - aber auch Ängste. Sie gewähren uns, Ihnen, mir, den Mitautoren, den Buchkäufern einen Einblick in die innerste Welt ihrer Gedanken – eben in die Zeitpunkte ihres Lebens.

Als die Idee eines derartigen Wettbewerbes im September 2004 geboren wurde war eines klar: Ohne schlagkräftiges Team ist ein derartiges Projekt nicht zu realisieren. Helmut Staubmann aus Weißkirchen, Florian Resch aus Judenburg sowie Astrid Pichler aus Kleinlobming, alle zwischen 18 und 22 Jahre alt – ohne euch als Mitorganisatoren wäre dieses Buch wohl noch immer pure Fantasie.
Mag. Sybille Rarej, Leiterin des Kultur- und Veranstaltungsbüros der Stadtgemeinde Judenburg: Ihr gilt mitunter wohl der größte Dank. Mit immenser wohltuender Gelassenheit und unbeschreiblicher Kompetenz stellte sie sich auf die Seite des ungestümen Organisationsteams und war mit ihren Ideen als „inoffiziell höchste Instanz" mehr als nur einmal berauschend. Danke dafür!

Doch was wäre ein Wettbewerb ohne eine fachkundige, kompetente Jury? Wir haben uns für 2 Jurystufen entschieden. Die 5köpfige Vorjury, bestehend aus kompetenten Vertretern aus der Region. Prof. Mag. Johann Reinthaler und Prof. Mag. Harald Steinberger, langjärige Literaturgaranten und zugleich Deutschprofessoren der BHAK und BHAS Judenburg. Walter Schwammberger, Referent der Katholischen Jugend Steiermark und

angesehenes Mitglied im österreichischen Autorenverband.
Mag. Ewald Pristavec, Pfarrer und Literaturkenner von
Zeltweg, sowie meine Wenigkeit.
Die Hauptjury bildeten Vertreter des Grazer Literaturhaus,
welche selbst zu Wort kommen.

Die Liste der Danksagungen wäre wohl unendlich – man
müsste alle Schulen der Umgebung, insbesondere die
Verantwortungsträger der BHAK/BHAS Judenburg und des
BRG Judenburg, Frau LAbg. Grete Gruber, Bürgermeisterin
von Judenburg, Arno C. Hofer vom Landesjugendreferat
sowie unzählige weitere erwähnen. So aber belasse ich dabei,
danke im Namen aller Organisatoren all jenen, die dieses
Projekt, in welcher Weise auch immer, und sei es „nur" durch
Mundpropaganda, unterstützt haben und wünsche den
Jungendlichen, den Erwachsenen, den Literaturkennern, den
Neugierigen und allen, die diese Zeilen lesen, viel Freude mit
der hier vorliegenden Anthologie.

Den besten Werken des 1. Judenburger Lyrikwettbewerbs der
Jugend 2004/2005!

Christopher Tafeit
Bezirksjugendmanagement Judenburg

Vorwort von Ewald Pristavec

Wenn junge Menschen ihre Gefühle in Gedichtform bringen, ist dies ein sehr persönliches und spannendes Unterfangen. Die ewigen Themen der Menschheit wie Leid und Tod, Liebe und Schmerz, Lebenssinn und Verzweiflung werden auf unterschiedliche Weise in eine poetische Form gebracht. Eines verbindet dabei alle Werke: Ihre große persönliche Betroffenheit und Ausdrucksweise.

Sehr oft wird heute lapidar festgestellt, der heutigen Jugend – wer immer mit diesem pauschalen Wort gemeint sein soll – fehle es an Tiefe und Reife. Gerade die eingesandten Werke des Lyrikbewerbes zeigen eine ganz andere Seite. Wir erleben junge Menschen, die sich auf ganz persönliche Weise mit dem Leben und all seinen Schattierungen befassen. So ist eine Sammlung von Gedichten entstanden, die es wert ist, gelesen zu werden.

In der Heiligen Schrift, im Johannesevangelium, wird Gott selbst als das ewige Wort bezeichnet:

Im Anfang war das Wort, und das Wort war bei Gott, und Gott war das Wort. Dasselbe war im Anfang bei Gott. Alle Dinge sind durch dasselbe gemacht, und ohne dasselbe ist nichts gemacht, was gemacht ist. In ihm war das Leben, und das Leben war das Licht der Menschen. Und das Licht scheint in der Finsternis, und die Finsternis hat's nicht ergriffen. (Luther-Übersetzung)

Dort, wo Menschen ihre tiefsten Gefühle in Worte fassen, ist immer auch ein Hauch des Göttlichen spürbar. So bleibt das Licht der Hoffnung, dass immer mehr junge Menschen es vermögen, in die Tiefe zu gehen und in sich hineinzuhorchen. Hier sind Gedanken poetisch und ehrlich zu Papier gebracht worden, nun darf und soll es auch zur handelnden Tat werden! Trauernden beistehen, mit den Fröhlichen sich freuen, Suchende auf ihrem Weg begleiten – wenn dies aus den vorliegenden Gedichten folgt, wird alle Finsternis der Welt das Licht der Mitmenschlichkeit und der Liebe nicht überwältigen können!

Pfarrer Mag. Ewald Pristavec, Zeltweg

Vorwort der Hauptjuroren

Literaturwettbewerbe für Jugendliche sind erfreulicher Weise heutzutage keine singulären Ereignisse mehr. Viele davon wollen junge Menschen im Schreiben, im Weiterschreiben ermutigen, ein wichtiges Anliegen, dem angesichts zunehmender Analphabethisierung in unserer Gesellschaft große Bedeutung zukommt. Beim vorliegenden Wettbewerb ging die Intiative gar von Jugendlichen selbst aus, womit deutlich wird, auch unter Heranwachsenden ist, trotz aller medialen Verlockungen, der Wunsch da, seine eigenen, ganz eigenen Gedanken und Gefühle zu Papier zu bringen, etwa in Form eines Gedichtes.

So erfreulich, so begrüßenswert diese Initiative ist, so schwer war es die für die Jury, die die endgültige Auswahl der GewinnerInnentexte vornehmen sollte, in der Masse an Einsendungen fündig zu werden. Zu stark war die Tendenz in vielen Texten, sich gängiger Bilder zu bedienen, mit allgemeinen Begriffen auszudrücken, wo man sich mehr Eigenständiges, mehr Unverbrauchtes gewünscht hätte. Dennoch kam man sich in der Diskussion während der Jurysitzung bald näher, hatten doch alle JurorInnen beinahe die selben Texte in die engere Wahl genommen, wenn auch mit unterschiedlicher Gewichtung. Aus den unterschiedlichsten Gründen konnten die fünf ausgewählten Beiträge überzeugen:

1. Preis

Werke 25-1, Gedicht "unausgesprochen"

Lyrik ist auch immer die Kunst des Verschweigens, des Aussparens, der Reduktion auf das Wesentliche.

„Unausgesprochen", wie schon der Titel sagt, bleibt in dem Gedicht der Satz, das Wort, worauf das angesprochene Du zu warten scheint. Um dieses eine Wort kreist das ganze

Gedicht, umzingelt es, immer enger, um es am Ende doch nicht auszusprechen: „denn ich habe ja schon alles gesagt", behauptet das lyrische Ich ganz kühn am Ende. Damit bleibt der Text bis zur letzten Zeile geschickt in der Schwebe gehalten zwischen dem Versuch, das Erwartete endlich auszusprechen, und dem Schweigen über das Selbstverständliche, worin sich das Ich mit dem Du verbunden weiß, jedes Wort darüber letztlich für überflüssig hält.

Dieses Liebesgedicht, das weder große Worte in den Mund nimmt noch althergebrachte Bilder und Metaphern bemüht, unterscheidet sich auf wohltuende Weise von vielen anderen Einsendungen, weshalb es von der Jury einstimmig ausgewählt wurde.

2. Preis

Werke 11-1, Gedicht "Nacht"

Hier wird eine verkehrte Welt entworfen: Das Lamm bringt den Wolf um, das Baby gebiert die Mutter, der Schutzengel ersticht die Kinder im Schlaf.

Nach einem konsequent angewandten Umkehrprinzip offenbart sich die dunkle Seite der Wirklichkeit. Es ist wohl mehr als nur ein makabres Gedankenspiel, die Suggestivität mancher Bilder („Die Musik deine Knochen zerbricht") macht deutlich, dass die märchenhafte Grausamkeit Ausdruck eines Lebensgefühls ist. Die Holprigkeit der Verse unterstreicht den unheimlichen Eindruck noch.

3. Preis

Werke 22-1, Gedicht "Mittelpunkt"

Im Gedicht „Mittelpunkt" wird ein imaginäres Loch zur alles verschlingenden Bedrohung. Die Beschreibung weckt Assoziationen zum Schwarzen Loch, nur dass der Blick sich hier nicht nach draußen in den Weltraum, sondern nach innen richtet. Vordergründig wird ein hoffnungsloses Szenario existenzieller Vernichtung gezeichnet, die eine entseelte, untote Welt zurücklassen müsste – doch gerade die Gefahr macht auch das Gefährdete sichtbar, die Gedanken, das Ich, den Kern der Dinge. So kann das Gedicht auch als Schilderung des Konfliktes zwischen humanistischen und nihilistischen Gedankenwelten gelesen werden. Die kurzzeiligen, ineinander verschränkten Verse, die verschiedene Lesarten zulassen, zeugen von einem Gestaltungswillen, der sich auch an abstrakten, schwer fasslichen und mehrdeutigen Inhalten versucht.

4. Preis
Werke 3-1, Gedicht "Alter Freund"

Das Gedicht "Alter Freund" hebt sich vor allem durch die Themenwahl von der Masse der vorgelegten Werke ab. Durch ein einziges, aus relativ positiven Klängen zusammengesetztes Bild wird das Motiv der Selbstverletzung klar gefasst. Obwohl, durch teils pathetische Phrasen unterbrochen, ist der Text durch glaubwürdige Einfachheit geprägt. Mit diesem einfachen "Es tut so gut" der ersten Zeile und der ebenfalls schlichten letzten Zeile wird die Atmosphäre, die das Gedicht schafft, festgelegt und der Text gerahmt. Durch das Zuschreiben der Eigenschaften weich, warm, zart, vertraut und zuckersüß, wird dem Schmerz der Charakter eines Freundes, oder möglicherweise sogar einer Liebe, verliehen, was das Werk außergewöhnlich macht.

5. Preis
Werke 40-1, 1. Gedicht "Namenlos" (Zwei Züge...)

„Namenlos" entwirft die Skizze einer so flüchtigen wie anonymen Begegnung zweier Menschen. Es ist bloß eine Begegnung der Blicke, die sich durch zwei Zugfenster hindurch von Waggon zu Waggon treffen. Die Illusion der Annäherung wird mit einem Wort zerschlagen: „vorbei".

Damit ist die unüberbrückbare räumliche Distanz ebenso gemeint wie die Unwiederbringlichkeit eines flüchtigen Augenblicks. In wenigen Worten wird so versäumte Menschlichkeit und Liebe im Zeitalter beschleunigter Mobilität wirkungsvoll thematisiert.

Die JurorInnen gratulieren den fünf GewinnerInnen herzlich und wünschen Ihnen noch viele gelungene Texte auf Ihrem weiteren Schaffensweg.

Helwig Brunner
Günther Eichberger
Martin Ohrt
Cordula Simon

Biographie der Hauptjuroren

Cordula Simon

Geboren wurde ich 1986 in Graz, aufgewachsen in Riegersdorf, besuchte ich ab
1992 die Volksschule in Hainersdorf und von 1996 and die Hauptschule
Großsteinbach. Bereits in dieser Zeit begann ich zu schreiben und seit 1997
nahm ich regelmäßig an Literaturwettbewerben, und seit 1998 auch an
Schreibwerkstätten der Literaturwerkstatt Graz teil, daher auch mehrere
Veröffentlichungen in ERSTdrucken. Ab 2000 besuchte ich das BORG in
Hartberg. Seit 2004 lebe ich in Graz und studiere Germanistik.

Helwig Brunner

Helwig Brunner, geb. 1967, Studien der Musik und Biologie, lebt in Graz. Einige Preise, u. a. Forum-Stadtpark-Literaturförderungspreis, Literaturförderungspreis der Stadt Graz, Ernst-Meister-Förderpreis für Lyrik der Stadt Hagen, erostepost-Literaturpreis (Salzburg) sowie 3., 2. und 1. Preis bei Literaturwettbewerben der Akademie Graz. Fünf Gedichtbände: "Gelebter Granit" (Graphikum, Göttingen 1991), "Auf der Zunge das Fremde" (Leykam, Graz 1996), "Gehen, schauen, sagen" (Steirische Verlagsgesellschaft, Graz 2002), "Aufzug oder Treppe" (Grasl, Baden bei Wien 2002) und "grazer partituren" (Steirische Verlagsgesellschaft, Graz 2004). Anthologiebeiträge bei C. H. Beck, S. Fischer, Haymon u. a., Beiträge in Literaturzeitschriften (manuskripte, Sterz, Lichtungen, intendenzen, Lose Blätter, Edit etc.). Mitherausgeber der Grazer Literaturzeitschrift "Lichtungen".

Günter Eichberger

Geboren 1959 in Oberzeiring (Steiermark), lebt in Graz. Studium der Germanistik und Anglistik, 1984 Promotion. Freier Schriftsteller.

Buchveröffenlichungen:
„Der Wolkenpfleger", Residenz Verlag 1988
„Gemischter Chor", Residenz Verlag, 1990
„Der Doppelgänger des Verwandlungskünstlers", Verlag Styria, 1994
„Ich Fabelwesen", Verlag Styria, 1996
„Vom Heimweh der Seßhaften", Verlag Styria, 1998
„Gesicht aus Sand", Ritter Verlag, 1999
„Überall im All derselbe Alltag", Ritter Verlag, 2001
„Aller Laster Anfang", Residenz Verlag 2003

Theaterstücke:
„Ausgeliefert", Ensemble Theater, Wien 1992
„Der König, sein Narr, seine Königin und ihre Geliebte", Theatro, Graz, 2001
Zehn Hörspiele im ORF

Martin Ohrt

1962 in Graz geboren, Studium der Betriebswirtschaftslehre. Ab 1984 Mitherausgeber der Literaturzeitschrift Perspektive. 1985-1989 freier Journalist bei der Kleinen Zeitung. 1990-93 Studium am Institut für Literatur an der Universität Leipzig. 1992 Gründer der Jugend-Literatur-Werkstatt Graz, seither dessen Leiter und Veranstalter zahlreicher internationaler Literaturworkshops für Kinder und Jugendliche (u.a. Steirischer Herbst, Leipziger Literarischer Herbst). Literaturpreis der Marktgemeinde Hard, Arbeitstipendium

des Bundesministeriums für Unterricht und Kunst, Literaturstipendium des Landes Steiermark, Rom-Stipendium, Paul-Maar Stipendium uvm.
Unzählige Werke, unter ihnen: Ein Tag nimmt Land in mir, Hänsels Kieselsteine, Das Lächeln der Pekingente, Die Fernsehschlächterin, Fette Fische, Common Sense, Sina, Zero, Überall Ausland, Losna.

Christian Gruber
Gewinner des 1. Judenburger Lyrikwettbewerbs der Jugend

christian gruber
26.Dezember 1980

„frei wie ein vogel über den wolken
schwebend wie ein engel
ohne darüber nachzudenken
was unter mir passiert"

so oder so ähnlich würde ich mein streben und denken
beschreiben, dass daraus besteht den einklang zwischen
technik und freigeist zu vereinen. die lyrik ist mein
persönlicher psychiater, der es täglich vollbringt ruhe zu
schenken und verbindung zwischen verschiedenen welten
schafft. ich schreibe seit meinem 11. lebensjahr und bin nach
wie vor der meinung, jeder kann schreiben.
lyrik ist flexibel und vielleicht gerade deswegen die schönste
form zu sagen was man denkt!

lyrische eckdaten:
beginn lyrischer arbeiten
1. lesung im freundeskreis
2002   vollendung kinderbuch „ein kleines sternchen"
2002   2. lesung, lyrik aus 2002, vorstellung kinderbuch
2003   3. lesung, lyrik aus 2003, kurzgeschichten
2004   4. lesung, lyrik gesamt, zusammenarbeit mit sabine
prager
2004   1000. gedicht
2005   zusammenarbeit mit alex sieberer (maler, acryl)

unausgesprochen
Christian Gruber – Das Siegerwerk!

hab ich dir schon gesagt
dass ich dich
nein habe ich bestimmt noch nicht
wann sollte ich auch
ich habe doch nie
aber ich habe an dich
oder habe ich nicht
nein sicher habe ich
denn sonst würde ich jetzt nicht
jetzt würde ich was
ja genau
sonst würde ich jetzt nicht an dich
aber ich
oder doch nicht
ich würde für dich
für dich
ja ich würde
habe ich schon gesagt
dass ich für dich
ja habe ich
gut
dann brauche ich es nicht mehr zu
dass ich dich
aber ich will es dir
oder doch nicht
doch sonst bist du
aber ich glaube nicht
denn ich habe ja schon alles gesagt

Katharina Leitner
Zweitplatzierte beim 1. Judenburger Lyrikwettbewerb der Jugend

Komisch…Warum gerade ich?
Wieso nicht ein anderes Mädchen,
dass aus Gefühlsausbrüchen ihre
oftmals echt kranken Gedanken
niederschreibt, und durch Zufall
(oder eher durch Zwang!?) bei
einem Literaturwettbewerb mit
macht, und sicher nie damit rechnet
unter die Top 10 zu kommen.
Tja nun ist es soweit und ich muss
sagen, ich war sprachlos! o.O"

Jetzt soll auch noch ne Beschreibung her…puh…naja…
Ich bin nicht eine von denen die jede Woche ein super
Gedicht schreiben, oder immer voll kreativ unterwegs sind
wie manch andere! Je nach Gefühl schreibe ich, und da kann
es schon vorkommen, dass ich monatelang meinen kleinen
Diddlblock (mit den ganzen super kreativen Gedichten) nie
zu Gesicht bekomme! ^_^
Außer Gedichte schreiben zeichne ich nebenbei und mach
mit meinen Freunden so manches Festival unsicher! (→
Frequeeeeeency!!!!)
Zum Schluss noch ein paar Special Thx an meinen
BigBrother der mich auf diesen Wettbewerb „aufmerksam"
gemacht hat und natürlich an se Sponsor „Cosi".

Nacht
Katharina Leitner – 2. Platz

Schwarz wären die Nächte,
wenn das Lamm den Wolf umbrächte,
die hellen Strahlen im Dunkel untergingen,
und die Teile der Toten an den Bäumen hingen.
Die Fische im Wasser nach Luft ringen müssen,
und rosige Lippen Kaktusdornen küssen.
Wo die Liebe in Hass ausartet,
und das Baby die Mutter erwartet.
Wo das Blut in den Adern zu kochen beginnt,
und das Eis der Pole über den Rand der Erde verrinnt.
Die Musik deine Knochen zerbricht,
und der Engel die Kinder im Schlaf ersticht.

Marc Michael Moser

Drittplatzierter beim 1. Judenburger Lyrikwettbewerb der Jugend

Name: Marc Michael Moser
Geboren: 28.04.1987 in Leoben.
Wohnort: Knittelfeld
Ausbildung: Volkschule;
BG/BRG Knittelfeld (2005 Matura)
Merkmale: langes Haar,
gepflegtes Äußeres, charmantes
Auftreten
Interessen, welche ich ausübe sind
Musik, Malerei, Lyrik, Film und
Photographie.

Die Inhalte mit denen sich ein Großteil meiner Arbeit
beschäftigt sind Gegensätze, die ich zu einem Gebilde
verarbeite. Ich versuche, einfach gesagt, konträre
Eigenschaften zu vereinen. Themenschwerpunkte sind z.B.:
Absurdes und Realistisches, Abnormal-Krankes und
Lieblich-Gesundes, Verlust und Gewinn, Eifersucht und
Angabe, Hass und Liebe, Anfang und Ende, etc. Ich versuche
auch die Welt zu hinterfragen sowie Gedanken der Menschen
zu charakterisieren. Es ist ein Versuch das Ende der
Möglichkeiten in der Ausdrucksform zu überschreiten und
alle Grenzen und Gesetze der Kunst bewusst zu missachten
bzw. neu zu ziehen.

Mittelpunkte
Marc Michael Moser – 3. Platz

Ein Loch
Verschlingt
Den Boden
In sich
So dunkel
Selbst anziehend
Den bloßen Gedanken
In sich saugend
Das wahre Ich
Den Kern der Dinge
Verschlungen
Hoch erhaben
Doch zu tief
Irgendwo im Nichts

Beate Panschur
4. Platz beim 1. Judenburger Lyrikwettbewerb der Jugend

Eigentlich habe ich keine Ahnung, was ich über mich selber sagen bzw. schreiben soll. Nach langen und schlaflosen Nächten voller Überlegungen bin ich zum Entschluss gekommen, einfach zu sagen, warum ich meine Gedanken bzw. Gedichte niederschreibe.

Im laufe der Jugend hat man viele Gefühle im Bauch und Gedanken im Kopf und selten jemanden, den man sich öffnen könnte. Schreibt man diese Gedanken auf ein einfaches Blatt Papier fühlt man sich von Wort zu Wort etwas leichter und freier. So geht es zumindestens mir.

Nun zu meiner Person. Ich bin ein aufgeschlossener und spontaner Mensch mit einem Kopf voller Ideen und wirrem Zeug. Mit meiner schwerverdienten Matura in der Tasche, zieht es mich jetzt nach Wien um mein Leben als Studentin fortzusetzen.

Alter Freund

Beate Panschur – 4. Platz

Es tut so gut
Wie eine weiche Berührung
Fühlt sich mein Blut an
So warm und zart
Und mein Schmerz lässt nach
Meine Seele wird befreit
Ein Schnitt, so erlösend
Und ein Schmerz
So vertraut
Zuckersüß, wie ein alter Freund

Julia Kogler
5. Platz beim 1. Judenburger Lyrikwettbewerb der Jugend

Mein Name ist Julia Kogler, bin am 7. September 1986 in Mödling geboren. Im Juni 2005 habe ich das Knittelfelder Gymnasium mit gutem Erfolg abgeschlossen. Ab Herbst werde ich mein Studium in Publizistik und Kulturwissenschaft beginnen. Meine rege Gedanken und Phantasiewelt sind etwas, was mich charakterisiert. Dies kann ich einerseits beim Malen und Zeichnen ausleben, sowie auch beim Niederschreiben von meinen Gedanken.

Meine Passion ist absolut das Reisen. Ich liebe es neue, interessante Menschen aus den verschiedensten Kulturen kennen zu lernen.

Durch meine Gedichte möchte ich aufzeigen, dass unsere Welt nicht eindimensional ist, sondern so vielfältig, wie jedes einzelne Lebewesen auf ihr.

Zwei Züge
Julia Kogler – 5. Platz

Zwei Züge aneinander
Zwei Augen aneinander
Zwei Menschen aneinander

- vorbei

Freiheit

Andreas Tafeit

Eigentlich,
da wollte ich doch
frei
sein.

Seltsam irgendwie.

Denn bei dir
fühle
ich mich
in Gefangenschaft
wohler.

Meine Liebe

Astrid Pichler

Ich schenk dir meine Liebe,
und mit ihr alle Facetten,
Gefühle, ich will sie retten,
weil mir sonst gar nichts bliebe.

Lebendig begraben

Birgit Lengauer

Tränen aus Blut weinend
ständig an dich denkend
sitze ich wieder auf meinem Bett
wandle ich wieder durch die menschenüberfüllten Straßen
und fühle mich dabei wie lebendig begraben
Begraben unter einem Schmerz
unter einem ständig anhaltenden Gefühl der Trauer
Der Trauer um dich
das Gefühl spürend, nicht alles getan zu haben
nicht alles versucht zu haben, um dich zu erreichen

Lebendig begraben unter meinen Gefühlen
die Gefühle die einfach nicht schwinden wollen
ich fühle, ich spüre, ich spreche
doch ich kann nicht handeln
umgeben von einer unsichtbaren Hülle
die mich nicht handeln lässt
umgeben von meinem Gewissen
das mir meine Taten versagen lässt

Komm zu mir in diesen kleinen Freiraum
und ich werde dir alle meine Gefühle sagen
ich werde sie dir zeigen können
doch du befindest dich noch immer außerhalb davon
nichts und niemand kann eindringen
irgendwie ein Gefühl der Sicherheit
dieses Grab, welches ich mir selbst schaufelte
Vergiss es, versuch nicht einzudringen
so stehen meine Chancen irgendwann auszubrechen besser

Ich werde es überleben
ohne Luft zu leben;
ist kein Problem mehr

ohne Nahrung zu leben;
ist das Natürlichste was es gibt
ohne Wasser zu leben;
ich mach doch nichts andres mehr
doch ohne dich zu leben,
erweist sich als schwieriger als jede Entbehrung in diesem
Grab

unerwartet
Birgit Ofner

monotone, gleichgültige gesichter
asphaltgrau
stumm

plötzlich
blaugrau funkelnde augen
ein lächlen

Gefahr Mensch
Birgit Schauperl

Langsam schlendere ich übers Feld
und denke mir „Das ist sie also unsre Welt!"
Erde – unser aller Mutter wird sie auch genannt,
doch ist uns alles Geschehen auf ihr auch wirklich bekannt?

Was ist das eigentlich worauf wir leben?
Ist noch etwas erhalten vom einstigen Garten Eden?
Was verbirgt sich hinter unsrem Sein –
und sind wir im Universum ganz allein?

Wir sind nur ein Planet in einem riesigen System,
und machen es uns auf dieser Kugel mehr als nur bequem.
Doch wie bei jeder Sache gibt es auch hier
gewisse Nachteile und das sind WIR.

Wir bevölkern unseren Planeten seit Millionen von Jahren,
und haben schon viele neue Dinge über ihn erfahren.
Doch eines haben wir bis heute noch nicht kapiert –
und zwar wie man sich selbst und andre toleriert.

Wir möchten für uns den größten Vorteil erreichen,
müssen dafür auch andere Dinge weichen.
Ganz konsequent und Stück für Stück zerstören wir die Welt,
dabei ist es uns völlig egal ob unser Tun anderen gefällt.

Die Natur und das daraus entstehende Leben ist unser
kostbarstes Gut,
doch beweisen wir bezüglich deren Schutz nur wenig Mut.
Statt an Profit und Geld sollten wir vielleicht auch öfter an
unsere Umwelt denken
und somit anderen Lebewesen und uns selbst das Leben
schenken.

Bruderkrieg
Kerstin Eisbacher

ein griff
nach den sternen

dennoch
zählt doch etwas
anderes

etwas ganz anderes

Mein Nachtstern
Florian Resch

Der Tag entschlummert leise, -
ich walle menschenfern …
Wach sind im weiten Kreise
ich - und ein bleicher Stern.

Sein Auge lichtdurchwoben
ruht flimmernd hell auf mir,
er scheint am Himmel droben
so einsam, wie ich hier …

Lichter
Oliver Tazl

Ein Lichtermeer die Welt umzieht,
alle strahlen voller Kraft,
das Licht des Herzens jeder sieht,
auch meines leuchtet schemenhaft.

Mein Licht getrübt von Traurigkeit,
schwarze Flecken überziehn',
das Herz gefüllt mit Müdigkeit,
Seele schwarz ich muss entfliehn'.

Deine Flamme mein Herz erweckt,
Dunkelheit dein Licht verbannt,
meine Seele dich hier entdeckt,
mein Herz lodert fast verbrannt.

Ein altes Licht ist neu entfacht
glüht jetzt für alle Zeiten,
unsere Lichter durch die Nacht
fremde Lichter uns begleiten.

Manipulation
Paul Kathlen

Stimmen im Kopf ...
als gewissen bekannt...
ignoriert durch Erziehung...
als auch Medien genannt...

adaptiert von Psychopathen...
nur von wenigen erkannt...
ungeniert zahlen wir raten...
für uns von anderen gesandt...

Sprachen
Stefan Rabitsch

Was ist eine Sprache?
Seit Jahren versuchen Menschen
genau *das* herauszufinden.

Jemand könnte doch sagen
dass eine Sprache
ein Dialekt ist, hinter dem eine
Armee, eine
Marine und eine
Luftwaffe steht.

Farben
Viktoria Winter

schwarz
die Vergangenheit
überall – immer – nirgendwo
auch ICH bin vergänglich
Tod
gelb
die Sonne
immer und überall
auch wenn nicht sichtbar
Vergänglichkeit
rot
Schönheit Liebe
ich – du –wir
doch sie können vergehen
Trauer
blau
der Rausch
womöglich abnormales Verhalten
doch Probleme kommen wieder
Teufelskreis
Der Sommer ist schön
Schwimmen, Spaß und noch viel mehr
egal – er vergeht
Der allergrößte Baum
bewundernswert groß ist er
doch er wird gefällt
Sonne
Sonne am Horizont
Strahlende Sonne am Horizont
Strahlende Sonne am Horizont und das spiegelnde Wasser
Spiegelt die Sonne

Die neue Welt
Tamara Bärnthaler

Oh Papa, Papa, guck' doch nur,
was mir geschenkt hat, plötzlich die Natur.

Oh Schätzchen, Schätzchen, ich seh's genau,
Flügelchen, sie wachsen dir, so glänzend grau.

Oh Papa, Papa, sieh doch nur,
Flügel wachsen nicht nur mir,
geschenkt wird dieses Phänomen auch dir.

Oh Schätzchen, Schätzchen, du hast ja Recht,
keine Illusion, die sind ja echt.

Oh Papa, Papa fliegen wir,
jetzt ganz einfach weg von hier.

Oh Schätzchen, Schätzchen, das machen wir,
von hier zu Mama fliegen wir.

Oh Papa, Papa, die neue WELT
ist die so leuchtend schön, wie das Himmelszelt?

Oh Schätzchen, Schätzchen, ganz gewiss,
so auch Mutters Worte bevor sie uns verließ.

Oh Papa, Papa, bin umgeben vom Glück,
will nie wieder auf die Erde zurück.

Todestag
Anja Gollner

Nun liege ich hier vor euch aufgebahrt,
und sehe euch an wie ihr auf meinen Körper starrt.

Ich fühle nichts, mein Körper ist kalt und leer.
Ich spüre nichts, mein Herz schlägt nicht mehr.

Tot bin ich, hab mein Leben ausgehaucht.
Es ist vorbei, meine Zeit hier ist aufgebraucht.

Ich versuche mich zu erinnern wie ich starb,
aus welchem Grund ich mein Leben gab.

Ich sehe die Bilder, seh sie klar,
seh' was im letzten Moment meines Lebens geschah.

Ich war es! Ich selbst rief den Tod,
damit er mich aus dem Leben holt.

Mein Leben war grausam, nichts war mehr schön.
Ich hatte keine Wahl, ich musste einfach gehen.

Und nun liege ich da und sehe euch an,
ich weiß, dass selbst jetzt mein Tun keiner verstehen kann.

Nun dreht ihr euch um, nun geht ihr fort.
Nun lasst ihr mich allein an diesem heiligen Ort.

Plötzlich werd ich müde, meine Glieder schwer,
und mein Blick ganz trübe, ich sehe nichts mehr.

Ich schließe meine Augen und sehe ein Licht,
ich gehe darauf zu, ich ängstige mich nicht.

Der Schmerz von einst ist nun einerlei,
nun bin ich tot, nun bin ich frei.

Liebe

Kevin Kletzmayr

Ich liebe sie, sie ist vollkommen,
ihr Körper perfekt und niemals verschwommen.
Ihre Augen braun wie Wüstensand,
und strahlend wie ein Diamant.
Die Haare goldig lang,
ihre Stimme, welch ein zarter Klang.

Ihre Haut so samtig weich,
so kühl wie ein Sprung in den Teich.
Ihr Geist so gut,
wenn ich sie anseh' schöpfe ich Mut.
Bei ihr fühl ich mich geborgen,
da existieren weder Kummer noch Sorgen.

Ihr Vertrauen in mich ist undenkbar,
ihre Gefühle für mich unbeschreiblich klar.
Auch ich bin ihr hoffnungslos verfallen,
und hör' in mir ihre Liebe widerhallen.
Ihre Persönlichkeit, übermütig und stark,
mit der sie bezaubert jeden neuen Tag.

In uns brennt das Verlangen noch lange zu leben,
um uns einander vollkommen hinzugeben.

Seltsame Natur
Cornelia Sattler

Wenn Bäume sprechen könnten,
was würden sie erzählen?
Geschichten, nur die Schönsten,
um dich zum Freund zu wählen?
Die Natur treibt oft ein seltsames Spiel,
steht dann da im strahlenden Schein.
Sie gibt und nimmt auch viel
um stets präsent zu sein.

Der Anfang und das Ende
Simone Klemmer

Der Anfang hört auf, wo das Ende beginnt.

Das Ende fängt an, wo der Anfang endet.

Beginnt man, aber ist es gleichzeitig das Ende?

Hört man auf, aber ist es gleichzeitig der Anfang?

Man fängt etwas an, um es irgendwann zu beenden.

Man hört mit etwas auf, weil Schluss ist.

Trügerische Stille
Sabine Prager

Die trügerische Stille
Ich halte sie nicht mehr aus
Ich hab schon so oft versucht, zu fliehen
Mich meinen Ängsten und anderen Emotionen zu entziehen
Doch es wäre feig einfach abzuhauen
Wo doch manche noch auf mich bauen
Dann vertraute Melodien zu hören
Die nur alte Erinnerungen heraufbeschwören
Ein flüchtiges Lächeln, eine Träne
Doch was passiert, wenn ich es jetzt erwähne?
Ich kann mich nicht länger hinter einer Mauer verstecken
Ich muss versuchen, wieder so anzuecken
Sich alles von der Seele zu schreiben …
… scheint das Beste zu sein
Aber soll das alles gewesen sein?
Es in Worte zu fassen, ist kaum zu schaffen
Angst nicht die richtigen Worte zu finden
Lassen meine Entschlossenheit schwinden.

Wohin? Woher?

Marco Tatschl

Du
bist nicht
hier
und auch
nicht dort
und trotzdem
bist du
überall

Der Zauberer
Markus Tafeit

Wäre ich doch ein Zauberer,
müsst' ich nur Handflächen bewegen,
und könnt' alle Probleme, deine Sorgen,
sekundenschnell von dieser Erde fegen.

Wäre ich doch ein Zauberer,
würde wegen Hass hier keine Träne fließen,
hätte jeder den Menschen seiner Träume,
und würde diese Liebe mit ihm genießen.

Tausend Wünsche, nur zum Träumen,
tausend Träume, wären mein,
doch der größte meiner Träume,
wäre der, ein Zauberer zu sein.

Melodie der Einsamkeit
Manuela Wadsack

Hörst du, manchmal,
die lieblichen Klänge der Nacht?
Und hast du noch nie
darüber nachgedacht?

Es ist, als ob jemand spielte,
die Flöte so schön;
es ist als ob man könnte,
hinter die Sterne sehn.

Dort oben lebt ein Junge,
er braucht kein Geld,
ist einsam und allein,
blickt hinab auf die Welt.

Er ist so traurig, wie der Mond,
der einsam dort oben,
am Himmel wohnt.

Der Knabe wandert,
von Stern zu Stern;
sein Herz wird immer schwerer,
denn er macht es nicht gern.

Er hütet der Menschen
süßen Schlummer,
schenkt ihnen Träume,
doch selbst hat er Kummer.

Er ist einsam und allein,
möchte so gern auf Erden sein.
Möchte so gern in Freiheit leben,
doch er kann keine Liebe geben.

Zwischen den Sternen wandeln,
ist seine Last;
doch er tut es jeden Abend,
auch wenn er es hasst.

Manchmal setzt er sich,
auf einen kleinen Stern,
spielt Melodien,
man hört sie in der Fern.

Sind so traurig,
dass selbst die Engel weinen;
dass selbst die Sonne,
möchte aufhören zu scheinen.

Mein Herz tut so weh,
wenn ich ihm in der Ferne seh;
wenn er wandelt im Mondenschein,
möchte so gern bei ihm sein.

Doch um zu den Sternen zu gelangen,
ist es mir zu weit;
drum lass ich ihn allein,
mit seiner Melodie der Einsamkeit.

Oase

Kurt Richard Wallner

der Wind trägt mein Vergessen
verweht den Sand,
der meinen Schmerz verdeckt

Blut klebt am Boden
getrocknet an Tagen, die verloren sind
wenn sie beginnen

was übrig bleibt
eine Wüste ohne Sand
ein Meer
in dem die Wellen schweigen

Erinnerungsband

Julian Kogler

Allein im Sand knien wir hier,
ein trauriges Gefühl in mir.
Wir zerreißen kalte Luft,
zerstören was du lange schufst.

Ich kam nicht her, um hier zu sterben,
ich wollt auch nicht die Wut vermehren.
Was von diesem Krieg entfacht,
ist nicht mehr in meiner Macht.

Tränen rinnen, dein Gesicht,
kann dir nicht sagen, was es ist.
Das Essen gestern war verdorben,
doch heute hab ich dich verloren.

Warmes Blut in meinen Händen,
Löcher in den toten Wänden.
Teile sind von mir gestorben,
längst hinüber und verdorben.

Schüsse sausen in den Sand,
haben sie noch nicht erkannt,
dass es nichts als Leiden bringt,
wenn man sinnlos Frieden ringt.

Neid

Johann Hafellner

Ich dachte immer es sei ein Geschenk
hier in Österreich zu leben,
doch die meisten wollen mehr nehmen als geben
und dies ist der Grund weshalb ich jetzt anders denk.

Viele denken nur an sich.
Sie haben vernommen,
dass andere mehr als sie bekommen
und das gönnen sie ihnen nicht.

Und so wurde ein ganzes Projekt zunichte gemacht.
Nur wegen so viel Neid,
entstand so großes Leid
und das hat großen Hass entfacht.

Und darum stehe ich hier
und prangere es an,
weil ich es einfach nicht glauben kann.
Das alles nur wegen Gier!

Seid zufrieden wenn ihr gesund seid,
Menschen habt die euch lieben,
also gebt endlich Frieden
und vergesst euren Neid!

Hass – Wut – Angst
Mirijam Schaffer

Hass! Er ist da unaufhörlich, immer nah, immer da!
Wunsch, bitte geh weit weg! Keiner hört ihn!
Er wächst und wächst, wird immer stärker.
Übernimmt die Macht über dich und mich:

Er wird stark, frag mich warum?
Da auf einmal trifft es mich, die Antwort sie ist da!
Die Antwort ist er selbst, wir selbst lassen es zu dass
er uns regiert!

Wir hassen den Krieg, er ist Hass
Hass der Menschheit, Hass von dir und mir!

Wir hassen Menschen die nicht so sind wie wir!
Es ist der Hass der aus uns spricht!

Wir hassen das Wetter, die Farbe der Hose die sie trägt,
wir hassen den der uns weh tat, der Hass ein ständiger
Begleiter!

Es ist ein Kreis in den er uns alle zieht,
bist du einmal hineingegangen kommst du nicht mehr raus!

Doch was wir wirklich hassen sollten sind wir weil wir dem
Hass unser Leben schenkten!

Die Hülle des Vergessens
Christoph Höden

Ich mag es nicht wenn der Wind alte Wunden frei bläst
deren Vergessenheit ich hart erkämpfte.
Ich mag es nicht Schuldgefühle in mir zu tragen
sie tun weh und stimmen mich traurig.

Mögen würde ich einen Anfang, einen den wir nie hatten,
eine Chance um zu sehen wie es ist wenn es ist.
Mögen würde ich tausend Küsse
von einer Person, von der in Wahrheit nur du weißt wer sie
ist.

Jemand, dem es gelang meine Seele zu färben,
meine Gedanken zu drehen und mich zu bewegen, tat ich
auch nichts.

Jemand, der Spuren hinterließ, die kein Wind verbläst,
solang sie mir einen bläst.

Ich + Du = Wir
Marcel Schischeg

Schließ jetzt deine Augen, sag mir was du siehst
lass dich einfach fallen, spüre die Kraft die in dir fließt
hör nicht auf die Stimmen, folge deinem Weg
schärfe deine Sinne, besiege den Zorn der in dir lebt.

es ist der Augenblick
wenn das Licht durchbricht
er ist nicht mehr weit, bist du schon bereit
du weißt ich bin immer für dich da
ich war dir immer näher als es irgendjemand war

doch die Zeit vergeht und deine Stunde schlägt
kannst du es spüren, es ist nur die Ruhe vor dem Sturm
wir fürchten uns vor Niemand, uns kann nichts geschehen
doch wir können nicht mehr warten, es ist Zeit für uns zu
gehen.

Die Wahrheit
Martina Kovacevic

Die Wahrheit ist dass du mich liebst,
doch du gibst es nicht zu.
Ich verstehe dich nicht.
Warum verletzt du mich so?
Ich habe dir alles gegeben, was du wolltest.
Wieso hast du das gemacht?
Du wusstest, sie war meine beste Freundin,
trotzdem hast du es getan.
DU mit IHR, die zwei wichtigsten Menschen
in meinem Leben!
Ich weiß nicht mehr, was ich tun soll.
Ich liebe dich noch immer,
aber sie ist mir auch noch wichtig.
Aber soll ich euch wirklich verzeihen?
Ich habe euch vertraut.
Du hast mir gesagt,
dass du mir immer die Wahrheit sagen würdest.
Aber du hast dein Versprechen gebrochen.
Ich weiß nicht, welche Entscheidung ich treffen soll?
Doch nur eines weiß ich,
dass Menschen, wenn sie dir in die Augen
schauen, dich nicht anlügen, weil Augen lügen nie.
Sag immer die Wahrheit, sie wird dich viel weiter bringen,
als wenn du immer lügst!

gehofft, gekämpft und doch verloren
Tanja Fellner

mein herz das schlägt nur für dich:
seh ich dich – lieb ich dich
seh ich dich nicht vermiss ich dich
steh ich neben dir hab' ich ein lächeln auf dem gesicht
siehst du mich an verzauberst du mich
sprichst du mit mir verehr ich dich
berührst du mich begehr ich dich
denke ich – dann nur an dich!
atme ich – dann nur für dich
lebe ich – dann nur für dich
liebe ich – dann nur dich
schlägt mein herz – dann nur für dich
bist du einfach nur da spüre ich:
ich liebe dich!

Jenseits von Diesseits

Angelika Pfister

Jenseits von Diesseits, dort, wo die Toten leben,
hat der Frieden seine Heimat, hat ein Ende das Streben,
nach Macht, immer mehr, immer mehr, es ist gut.
Jenseits von Diesseits, wo alles geruht
etwas anders zu sein und leiser zu werden.
Das Gute als Sieger, kein Hass, wie auf Erden.
Jenseits von Diesseits, wo die Geheimnisse sich lüften,
wo die Träume sich erfüllen und die Feinde sich küssen,
dort, wo wir noch nicht sind, weil wir leben müssen,
weil wir leben dürfen, die Chance haben, es besser zu
machen.
Doch werden wir das auch wirklich schaffen?
Jenseits von Diesseits kennt die Schönheit keine Grenzen,
dort wird nur mehr gefühlt und niemand muss denken.
Die Musik kann man spüren, leise Klänge, die einen
entführen.
Jenseits von Diesseits, wo die Liebe, uns richtend,
nicht nach unserer Schuld, nur den Hass vernichtend,
alle befreit von dem Tod, der uns gefangen,
damit wir sicher ins Paradies mögen gelangen.
Jenseits von Diesseits, dort, am Ende des Weges,
ist der Anfang des Friedens, die Welt der Liebe.

die musik
Heike Resch

musik war vor einigen jahren
das sprachrohr der welt
viele texte, viel musik, viel herz
und wenig geld

eine gitarre hier
ein schlagzeug da
den bass nicht vergessen und das
gemischt mit viel herz und gefühlen
und so entstand das wahre leben
und jeder menge fans und wunderbaren gefühlen

doch heute zählt bloss das geld
schaut und hört
fühlt ihr das?
seht ihr die wahre liebe in der musik?
oder seht ihr bloss dass was euch gefällt?!

musik ist das wahre leben, nicht zu beschreiben
mit wahren gefühlen und erinnerungen
lasst diese nicht verschwimmen
lasst uns nicht die zeit verlieren

Schreckliches Erlebnis
Edith Kleemaier

Mein Liebster ahnte,
dass er mich nicht für die restliche Zeit
seines Lebens haben konnte.
Er begann unaufhaltsam um die Tage
zu kämpfen,
die er mit mir verbrachte.
Wir lebten uns unversehens immer weiter zusammen.
Schließlich zählten wir die Sekunden und Minuten
bis wir uns wieder sahen.
Leise tropfte seine schöne Stimme
immer weiter in mein Ohr und in mein Herz.
Doch plötzlich brauchte er immer mehr Stunden für sich.
Ich wartete Wochen und Monate vergebens auf ihn,
ich suchte ihn und doch wusste ich,
er würde nicht wieder kommen.
Es hat sich alles umgedreht
und ich habe ihn verloren – nicht er mich.

Nicht real
Gloria Gugganig

In Gedanken bin ich bei dir
Mir kommt vor, als spürte ich deinen Atem
Einmall sanfter, dann wieder stärker
Ich stehe vor dir, doch du siehst mich nicht
Ich streife um dich umher, ich sehe dich deutlich
Du siehst mir direkt in die Augen
Doch du weißt es nicht
Deine Augen strahlen
Ich streife mit meiner Hand über dein Gesicht
Meine Hand bleibt bei deiner Wange stehen
Ich fühle und spüre sie
Ich fahr dir mit meinen Fingern durch dein Haar
Du glaubst der Wind ist es
Du stehst hier
Ich berühre dich, ich umarme dich
Meine Hände gleiten über deinen Rücken auf und ab
Mein Kopf liegt auf deiner Schulter, ich schmiege mich an
dich
Ich fühl mich so wohl
Wir sind in diesen Moment eins, obwohl du es nicht weißt
Wir sehen uns an, ich hauche dich an
Ich spüre deine Lippen, doch du spürst meine nicht
Es rührt sich nichts
Ich umarme dich ganz fest, du merkst nichts
Und so entferne ich mich von dir
Es war schön so nah bei dir zu sein
Obwohl du es nicht bemerkt hast
Obwohl es nicht real war …

Die Prinzessin
Manuel Oberreiter

Der Morgenglanz an Ihr erstrahlt,
leicht betucht durch Blässe,
sie doch auch ihre Schönheit wahrt.

Die Augen geschlossen gleich dem Tod,
aber ein Engel ihrer gleicht,
unvergleichliche Schönheit auf der Welt,
sie nach außen trägt und alles andere erhellt,
was dunkel scheint auf dieser Welt.

Wirkt sie auch wie eine Prinzessin,
in der Zeit des Königsland,
so lebt Sie jetzt von Sünde frei,
in unserer Gegenwart.

Ihre Jungfräulichkeit und Ihre Schönheit,
sie sich auf Dauer gewahrt,
ist Sie jenes Wesen mit der Gott uns zeigt,
was lange in Vergessenheit gerat.

Das wir alle ein Abbild von Perfektheit,
Individuen für alles bereit,
drum denket auch an Sie,
wo Morgenglanz erstrahlt.

Dein Bild
Esther Tritscher

Ich sitze hier und erzähle dir alles.
Doch du gibst mir keine Antwort.

Doch ich weiß was du mir sagen willst.
Obwohl da nur ein Bild von dir steht,
denn du bist zu weit weg um mich zu hören.
Du bist schon lange nicht mehr hier,
doch ich weiß nicht ob ich es je verstehen kann oder will.
Du hast ein tiefes schwarzes Loch in mein Herz gerissen.

Ich konnte mich nicht mal mehr von dir verabschieden.
Ich weine die meiste Zeit, denn du bist nicht mehr da,
sondern dort wo alle irgendwann hingehen.
Ich konnte mich nicht mehr verabschieden.
Darum tu ich es jetzt:

„Ich wollte dir immer schon einmal sagen, wie sehr ich dich
vermisse,
wie sehr ich dich liebe.“

Doch jetzt hörst du mich nicht mehr.
Denn du bist zu weit weg.

Ich hatte nicht viel Zeit um bei dir zu sein.
Ich glaube ich werde es nie verstehen.

Für alle bist du tot,
doch in meinem Herzen lebst du für immer weiter.

Auch wenn du nicht antwortest, dein Bild lächelt.
Niemand kann mir die Erinnerungen entreißen.

Ich habe alles gesagt, was zu sagen war, doch du schweigst
noch immer.

Engel des Todes
Michaela Kobenz

Verführerischer Tod, was bietest du an?
Dass ich glücklich werden kann?
Lockst mit Wünschen still gehegt,
sie zu verbergen hab' ich gepflegt.
Es wär` so leicht zu dir zu gehen.
Kann deine Gestalt schon vor mir sehen.
Streckst mir die Hand schweigend entgegen.
Willst mich begleiten auf kommenden Wegen.
Ein freundliches Lächeln schmückt dein Gesicht.
- Eine Maske, mich trügst du nicht.
Sehn' ich mich im Moment auch nach dir,
so bleibe ich doch lieber noch hier.
Du bist enttäuscht, weinst eine Träne – ein eisiger Tropfen.
Hab' überlebt, mein Herz beginnt erneut zu klopfen.
Du entschwebst zum Nächsten, musst dich beeilen.
Engel des Todes, lässt mich noch hier verweilen.
Bist schon lange hinfort von hier,
doch nachsehen tu ich immer noch dir.
Eine Feder dein Flügel verloren hat
- so rein, so weiß und doch so matt.
Werd' sie immer bei mir tragen,
nie dich zu vergessen wagen.

Schule
Natalie Haingartner

Es ist so kalt, wie im Wald.
Im Unterricht träumt man vor sich hin.
Der Tag ist schön und ich sitz eingesperrt in einem Raum.
Ich denke mir nur: Ich will hier raus!

Außer Konkurrenz – Werke des Herausgebers

Erwachen einer Liebe
Christopher Tafeit

In Träumen sind wir uns begegnet,
alsbald ich meine Augen schloss,
im Freien küssten wir, gesegnet,
vom Feenstaub, der sich ergoss.

Geborgenheit, gar unbeschreiblich,
dein Duft, dein Lachen und dein Kuss,
es scheint mir gar, so unvermeidlich,
dass jeder von dir träumen muss.

Der Zärtlichkeit sind wir verfallen,
Vertrauen haben wir gelebt,
lässt jeder Blick die Herzen wallen,
seelenverwandt, was man versteht.

Lass Schmetterlinge uns verführen,
doch tragen sie der Liebe kaum,
so will ich nur dein Herz berühren,
in Wirklichkeit, so wie im Traum.

Gelebte Liebe
Christopher Tafeit

Unsicher sind meine Blicke,
ungehalten, meine Hand,
unerfüllbar meine Träume,
unerforscht, mein Seelenland.

Einstudiert ist die Liebkosung,
ausgelebt ist jede Lust,
abgebrannt sind alle Schlösser,
eingekehrt der Alltagsfrust.

Längst passiert sind alle Taten,
von Romantik keine Spur,
kalte Küsse, schwache Herzen,
Depression in Reinkultur.

Selbst der Himmel trägt die Trauer,
Sonne macht den Wolken Platz,
Amor zeigt mir keine Liebe,
kein Geheimnis, keinen Schatz,

Leben, gib mir meinen Anteil,
gib mir alles was du hast,
hinab führ mich ins Höllentor,
quäl mich ohne Ruh' und Rast...

Ein Götterbote
Christopher Tafeit

Illusion, halt mich umschlungen,
Götterbote, sei mein Gast,
sei vom Liebestraum besungen,
ungeschultert, von der Last.

Sei verträumt nach meiner Liebe,
und verliebt, in meinen Kuss,
auf dass dort ein Himmel bliebe,
wo die Sehnsucht weichen muss.

Von Verehrung übergossen,
von Bestimmtheit längst befreit,
Himmelstore, unverschlossen,
ewiglich, und allezeit.

Auf dass alle deine Taten,
auch die meine Zukunft sind,
und alles, worauf wir warten,
meine Engelsflügel sind…

Bitte

Christopher Tafeit

Engel,
gib mich frei
aus deinen Flügeln

... lass mich fallen ...

schenk mir
die Chance
selbst
einen Himmel
zu finden

Begegnung
Christopher Tafeit

Ich erblicke deine Augen,
spür', was sich die Liebe denkt,
fühl' den hellen, blauen Schimmer,
der an deinen Liedern hängt.

Ich begreife deine Worte,
jeden stillen Engelshauch,
der die deinen Lippen streichelt,
ebenso – die meinen auch.

Einzig lausch ich deinen Fingern,
wenn sie sanft mein Herz berührn',
wo sie still die Bilder malen,
die mich willenlos entführn'.

An die Bilder dieser Tage,
sehne ich mich still heran,
suche nach dem Sinn der Liebe,
Traum, den man nicht träumen kann.

Schwelge sanft auf all den Wolken,
von Vergangenheit bemalt -
die Erinnerung an Morgen,
leuchtend hell vom Himmel strahlt.

Gib mir einer Ahnung Zeichen,
wir, als du und ich zu zweit,
erleben wir gemeinsam,
all die Bilder dieser Zeit …

Rosaroter Engel

Christopher Tafeit

Weißer Engel, rosa Flügel,
der mir meine Sinne raubt,
stiehlt mein Herz in allen Farben,
unbemerkt und unerlaubt.

Auf den Sternen meiner Wünsche,
wenn die Nacht von Liebe prahlt,
wo der Mond mich sanft umschmeichelnd,
leuchtend hell vom Himmel strahl.

Warum zittern meine Augen,
wenn dein Blick den meinen streift,
warum flüchten meine Sorgen,
wenn ich deine Hand ergreif?

Wo wir nun auf Wolken liegen,
Arm in Arm, ein Kuss, ein Blick,
wir am Himmel Wünsche malen,
still und voller Ungeschick.

Schenk mir ein Stück Regenbogen,
gib ihn mir in vollem Glanz,
reich mir deinen Stern vom Himmel,
schenk mir einen Göttertanz.

Gib mir einen Hauch von Liebe,
einen Schimmer von dem Glück,
Wunderland, halt mich gefangen,
schick mich niemals mehr zurück …

Geständnis einer Liebe
Christopher Tafeit

Es ist wohl die Sorglosigkeit, die sich
in jedem Lächeln
von dir
versteckt,
offenbart;
ganz heimlich, einfach nur gefunden werden will.

Umgeben von der Gewissheit, die sich
in jedem Atemzug
von dir
liebkost,
genießt;
ganz ruhig, einfach nur erfüllt werden will.

Mit einem einzigen Engelsatem, der sich
in jeder Sekunde
von dir
entfernt;
himmelsgleich,
mich ganz sanft, durch jede Wolke trägt.

Liebevoll, durch alle Nächte, die sich
in jedem Tag
mit dir
verlieren;
verblassen,
sich ihrer selbst nicht mehr sicher sind.

Wo alle Gegenwart, ganz sanft
in alle Zeit
mit dir,
begleitend,
gemeinsam,

ebenso Vergangenheit und Zukunft sei.

Eine Idee des Lebens, die sich
in jedem Blick
von dir
bestätigt;
sinnvoll,
jede Sekunde das Paradies verspricht.

Flüsterleise, so ganz ohne Worte,
einfach für immer,
nur mit dir,
lieben,
leben,
einfach, ganz einfach …
… für immer bei dir zu sein …

Autorenverzeichnis

Christian Gruber
Gewinner des 1. Judenburger Lyrikwettbewerbs der Jugend

Katharina Leitner
2. Platz beim 1. Judenburger Lyrikwettbewerbs der Jugend

Marc Michael Moser
3. Platz beim 1. Judenburger Lyrikwettbewerbs der Jugend

Beate Panschur
4. Platz beim 1. Judenburger Lyrikwettbewerbs der Jugend

Julia Kogler
5. Platz beim 1. Judenburger Lyrikwettbewerbs der Jugend

Gloria Gugganig
Ich bin ein kreativer und lebensfroher Mensch! Ich male,
zeichne, schreibe und unterhalte mich gerne. Und was ich
nicht vergessen sollte: Ich liebe das Chaos!

Tamara Bärnthaler
Ich bin 19 Jahre alt und schriebe mit großer Leidenschaft
Gedichte und Reimgeschichten für kleine Kinder. In meiner
Freizeit spiele ich gerne Theater. Zu meinen Hobbys zählen
des Weiteren Keyboard spielen, Reisen und Musik hören. Ich
habe im Juni 2005 maturiert und werde ab Oktober
Psychologie in Klagenfurt studieren.

Esther Tritscher
Ich bin verspielt und verrückt zugleich. Durch meine
Spontanität bin ich unberechenbar. Trotzdem bin ich
liebenswert.

Edith Kleemaier

Ich bin lebenslustig und für fast jeden Spaß zu haben. In meinem Leben sind mir meine Familie, mein(e) Freund(e), das Lesen und der Schisport das Wichtigste.

Cornelia Sattler
Solange ich mich zurück erinnern kann schreibe ich Gedichte, Texte und Geschichten. Seit ca. einem Jahr schreibe ich auch zahlreiche Gedankensprünge, welche fast ein eigenes Buch füllten könnten, auf. Meine Interessen reichen von meinen Freunden, Musik, Film und Fernsehen über Sport, Aktuelles, Computer, Bücher bis hin zu Politik und Geschichte.

Heike Resch
Mein Name ist Heike, ich bin 20 Jahre und komme aus Judenburg/Murdorf. Ich bin GEGEN: Rassismus, Krieg und Hass auf dieser Welt. Man soll auch hinschauen wenn es einem nicht gefällt.Mein Motto: „Dem anderen sein Anderssein verzeihen, das ist der Anfang der Weisheit."

Martina Kovacevic
Ich bin am 21. Dezember 1989 in Teslic (Bosnien und Herzegowina) geboren. Meine Eltern, mein Bruder und ich lebten in Studence. 1992 zog meine Familie und ich nach Österreich, wegen einem Krieg in Bosnien. Jetzt wohne ich in Teufenbach. Derzeit besuchte ich die Hak Judenburg.

Andreas Tafeit
18 Jahre jung und kein Stück leise. Rockfestivals, Extremsport und das Leben genießen – anders könnte man es wohl nicht nennen. Ich liebe das Leben mit all seinen Facetten.

Astrid Pichler
Das Unikat der Weltstadt Kleimlobming. Überdreht, meistens leicht verwirrt, ständig im Stress und doch irgendwie immer

den ganzen Tag mit Freunden in Judenburg unterwegs.
Powerfrau – anders kann man sie nicht beschreiben.

Birgit Lengauer
Gefangen zwischen Realität und Träumereien lebe ich, Birgit
18 Jahre, tagtäglich mein Leben und versuche das Beste in
jedem zu sehen und jeden Tag so gut wie möglich zu
verbringen. Liebe das Leben und lebe die Liebe.

Birgit Ofner
Birgit Ofner, geboren 1983 in Judenburg
Malerei, Musik und das Schreiben von Gedichten und
Kurzgeschichten haben mir immer wieder geholfen meine
Gedanken zu ordnen und mich auszudrücken. In diesem
Sinne wünsche ich jedem ein bisschen Kreativität!

Kerstin Eisbacher
Gerade mit Bravur die HLW Fohnsdorf abgeschlossen
kommt sie auch jetzt nicht zur Ruhe. Wie auch – das Leben
in Graz wartet. Verträumt, liebenswert, sportlich, sinnlich –
was sollte da noch fehlen?

Florian Resch
Ich bin 21, und ein Träumer. Es gibt nichts schöneres.
Was soll man da noch viel sagen. Ich wurde geboren, ich
werde sterben
und alles dazwischen gehört mir. :)

Stefan Rabitsch
Ich studiere Anglistik und Amerikanistik an der Alpen-Adria
Universität in Klagenfurt. Obwohl mein Schwerpunkt in der
Ausbildung sowie im Privaten sehr von Englisch dominiert
wird, inspirierten mich einige Ausführungen meines
Sprachwissenschaftsprofessors, Dr. Allen James, mich in
lyrischer Form über das Sein der Sprache
auseinanderzusetzen. Ich glaube fest daran, dass Sprachen,

egal welche oder wie viele man spricht, im höchsten Maße zur Verbindung aller Menschen dienen.

Viktoria Winter
Viktoria Winter, 16 Jahre, Gym Judenburg, wohnhaft in Scheifling, hobbys: Volleyball spielen (beim VCJA Volleybulls) Freunde treffen usw.....

Marco Tatschl
18jährig und aus Zeltweg. Ein Verfechter der Tradition und stolzes Mitglied des MKV. Diszipliniert und willensstark – so sehe ich meinen Zugang zur Lyrik.

Markus Tafeit
18 Jahre alt, Weißkirchner, engagierter Schüler, Bodybuilder und große Nachwuchshoffnung der Politik. Kein Monat vergeht, ohne dass er nicht irgendeine Aktion für die Jugend im Bezirk Judenburg organisiert. Ein Wunder, dass neben all den Kartrennen, Fußballturnieren und dergleichen noch Zeit für die Lyrik bleibt.

Manuela Wadsack
Ich heiße Manuela Wadsack, wurde am 17. Jänner 19888 in Judenburg geboren und besuche seit 3 Jahren die Handelsakademie in Judenburg.
Vor 4 Jahren habe ich meine große Liebe gefunden; meine hübsche Haflingerstute, mit der ich fast meine gesamte zeit verbringe und die mein größter Schatz auf Erden ist.
Ich lese auch sehr gerne und interessiere mich für Philosophie.

Julian Kogler
Ich bin 16 Jahre alt und höchstwahrscheinlich männlich.
Meine erstes Gedicht
schrieb ich vor 4 Jahren und warte noch immer auf bessere Ideen mein Leben
zu verbrauchen. Natürlich bin ich für alles offen.

Mehr Infos und Foto unter:
http://www.audioscrobbler.com/user/Ny24/

Tanja Fellner
Gehofft, gekämpft und doch verloren. Diese Zeilen widme ich meiner
Vergangenheit. Tanja Fellner, 18, gehe oft ins Kino und verbringe meine Zeit gerne mit
meinem Freund, meinen Haustieren oder Babysitten :-)
Nächste Ziele: Matura
und Studium - Journalismus und
Unternehmenskommunikation in Graz.

Angelika Pfister
Bürgerlicher Name: Angelika Pfister Spitzname: Angy Beruf: Schülerin (BG Judenburg)
Geburtsdatum: 23. April 1989 Alter: 16 Jahre Sternzeichen: Stier
Hobbys: !!!SCHREIBEN!!!, lesen, Musik hören, tanzen, schwimmen, ins Kino gehen...
Lieblingsschriftsteller: William Shakespeare, Friedrich Schiller, J.K. Rowling, Jilliane Hoffman

Manuel Oberreiter

Michaela Kobenz

Natalie Haingartner

Birgit Schauperl

Johann Hafellner

Mirijam Schaffer

Christoph Höden

Marcel Schischeg

Kurt Richard Wallner
Anja Gollner

Kevin Kletzmayr

Simone Klemmer

Sabine Prager

Oliver Tazl

Paul Kathlen